Coordenação Editorial
Barba Negra

Revisão
Tulio Kawata

Capa
Retina78

Fotografia
Leandro Pagliaro

Assistência editorial
Suria Scapin

Impressão
Gráfica Santa Marta

Dados internacionais de catalogação na publicação (CIP-Brasil)
Ficha catalográfica elaborada por Oficina Miríade, RJ, Brasil.

O87 Ota, 1954-
Relatório Ota do sexo / Ota. – São Paulo : Leya, 2010.
128 p. : il. color. – (Sorria, você está lendo um livro)

ISBN 978-85-62936-48-7

1. História em quadrinhos. 2. Histórias em quadrinhos eróticas.
I. Assunção, Otacílio d', 1954- . II. Título. III. Série.

10-0028 CDD 741.5

LEYA CULT

TEXTO EDITORES LTDA. - uma editora do grupo Leya
Av. Angélica, 2163, conjunto 175
01227-200 - Santa Cecília - São Paulo - SP - Brasil
www.leya.com.br

O RELATÓRIO ÓTA DO SEXO

BARBA NEGRA
LEYA CULT

No comecinho dos anos 1990 eu juntava todos os trocados possíveis para comprar revistas de quadrinhos, tanto em banca quanto em sebos etc. e tal. Uma das minhas preferidas, claro, era a *MAD*. E comprava tudo que tivesse Relatório Ota, principalmente aquelas lá do tempo da editora Vecchi. Fui praticamente alfabetizada por essas revistas. E o Ota, com seu traço solto e engraçado, além das improvisações textuais, foi um dos responsáveis por eu ter me motivado a buscar um estilo e me tornar cartunista. Foi através dele que publiquei pela primeira vez oficialmente em mídia impressa, em 2005, no *Jornal do Brasil*. Todo mundo sabe que o seu Ota é o meu padrinho querido, inclusive já inventamos por aí que eu era uma filha perdida que foi encontrada milagrosamente pela internet. A prova? O fato de sermos que canhotos, serve??

Chiquinha!

ÍNDICE

ADVERTÊNCIA

DEVIDO AO FORTE TEOR EXPLÍCITO DE ALGUMAS IMAGENS DESTE LIVRO, SUBSTITUÍMOS TODOS OS CENSURADO MASCULINOS POR INOCENTES CENOURAS!

DA MESMA FORMA, TODAS AS CENSURADO FEMININAS FORAM SUBSTITUÍDAS POR SINGELAS ALFACES!

ERRADO! CERTO! ERRADO! CERTO!

ESTA MEDIDA FOI TOMADA PARA QUE ESTE LIVRO POSSA SER ADOTADO NAS ESCOLAS PÚBLICAS NESSES PROGRAMAS DO GOVERNO... TAMBÉM QUEREMOS ENTRAR NESSA BOCADA!

NINO & NENO
(AS MOSCAS DA CABEÇA DO OTA)

SEXO EM TEMPOS ANTIGOS

SEXO NAS CAVERNAS

Dois milhões de anos atrás a Terra era habitada por homens das cavernas, que tinham estranhos rituais de acasalamento. Em vez de escrever poesias, oferecer bombons, joias ou dinheiro, o homem simplesmente pegava um porrete e dava uma cacetada na mulher em que estava interessado. Depois, se a mulher sobrevivia, ele arrastava a vítima pelos cabelos até a caverna mais próxima e fazia sexo com ela.

Algumas mulheres inventavam truques para evitar o problema, mas os homens eram mais espertos e isso não adiantava muito.

Esses problemas acabaram com a criação da famosa Lei da Maria Prenha. Hoje, apenas alguns jogadores de futebol e pagodeiros ainda utilizam essas práticas arcaicas.

SEXO NO PARAÍSO

Como se sabe, os primeiros seres humanos a praticar sexo foram Adão e Eva, que originalmente moravam num condomínio de luxo chamado Jardim do Éden. Entretanto, devido à gritaria que faziam durante seus atos de acasalamento, os dois não deixavam nenhum dos demais moradores do condomínio dormir direito e as reclamações foram tantas que o síndico, Deus, se emputeceu e acabou expulsando o casal, que perdeu o direito a todas as mordomias.

Adão e Eva simplesmente se mudaram para uma favela próxima e continuaram com o bundalelê. Entretanto, logo descobriram que fazer sexo causava um estranho efeito colateral.

Adão e Eva acabaram tendo vários filhos. Abel e Caim são os mais conhecidos porque um matou o outro por causa de um prato de lentilhas, mas a família era imensa: Zé Nivaldo, Bruno, Macarrão, Neném, Azeitona, Bolado, Valtencir, Edmilson, Edirley, Ediney, Buscopan, Lexotan, Rivotril, Cidiney, Graviola, Biu, Xixi e muitos outros. Estes acabaram fazendo sexo com as garotas que moravam no barraco ao lado e foram tendo mais filhos, e assim por diante. Logo os seres humanos se espalharam pelos quatro cantos do planeta e tudo virou a bagunça que é hoje.

SEXO NA GRÉCIA

Na Grécia clássica, todos praticavam muito sexo. Mas o campeão era Zeus, que, não satisfeito em papar todas as deusas do monte Olimpo, descia à terra para traçar as mulheres. Ele as engravidava e sumia sem pagar pensão. Como ficou queimado entre as gregas, passou a vir disfarçado como inofensivos animais para não dar na pinta. Esses são os primeiros casos registrados de zoofilia de que se tem notícia.

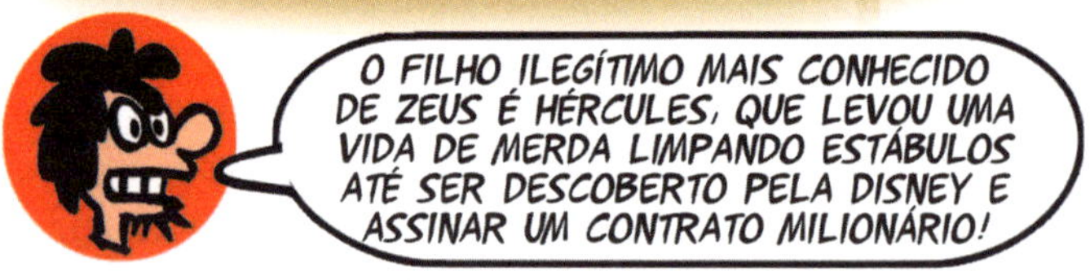

VOCÊ SABIA?

ZEUS FAZIA SEXO ATÉ COM BANANEIRAS E OUTROS VEGETAIS MENOS VOTADOS. A POPULAR MULHER MELANCIA É UMA DESCENDENTE DIRETA DO FAMOSO DEUS TARADO!

As estripulias de Zeus deram origem a diversos animais mitológicos, como centauros, sereias, minotauros, faunos e sátiros. Os mais populares eram os centauros, aliás, as centauras, porque como os carros ainda não haviam sido inventados, serviam como meio de transporte e também para atender a certas necessidades básicas dos que as montavam.

SEXO EM ROMA

Roma foi o lugar onde se fez mais sexo na história antiga. Entretanto, como mulher era um item que estava em falta na praça, os primeiros romanos foram obrigados a recorrer a mercadoria importada. Eles foram a uma cidade vizinha e levaram a mulherada de lá na moral. Esse episódio ficou conhecido como O RAPTO DAS SABINAS!

Entretanto, os romanos faziam sexo com mulheres apenas para fins procriativos. Como se sabe, os romanos eram todos gays. Todo garoto romano era adotado por um homem mais velho e obrigado a fazer sexo com ele até completar 18 anos. A partir daí, o rapaz era emancipado e tinha o direito de arrumar seu próprio garotinho, e assim por diante. Os romanos instituíram o costume de tomar banho juntos, hábito mantido até hoje pelos jogadores de futebol.

As coisas continuaram desse jeito durante todo o período áureo do império romano, até que os heterossexuais se organizaram e começaram a batalhar por seus direitos. Foi durante o reinado do imperador Ardiânus II que ocorreu a primeira Parada Hétero da História. Mas os manifestantes foram reprimidos e jogados aos leões no Coliseu. Os leões simpatizantes adoraram o banquete!

SEXO NO ORIENTE

A China é o país onde mais se faz sexo no mundo. Também, pudera, é o país com maior número de habitantes. Mas, contrariamente à crença popular, o sexo não foi inventado pelo genial Ming Lee, que viveu durante a dinastia Shi Chi e foi o responsável por trocentas invenções importantes, como a casca de banana, o pastel de vento e a bola da vez. Mas Lee é sabidamente o inventor da DOR DE CORNO, que está em moda até hoje!

Lee fez essa descoberta por acaso, num dia em que voltou pra casa mais cedo e encontrou sua mulher Ming Li na cama com seu primo Ming Ling. Ela alegou que pensava que o primo era o próprio Lee, devido ao fato de todos os chineses serem muito parecidos, mas a explicação não colou muito. É, a mulher de Lee também era inventora. A ela é atribuída a invenção da desculpa esfarrapada!

Os árabes costumavam ter várias esposas, mas, como só podiam sair com uma ou duas de cada vez, as outras ficavam no harém sob a guarda de pessoas de confiança. Nessa época se valorizou a profissão de eunuco! Um cargo muito agradável: comida não faltava e eles podiam ver mulépeladas o tempo todo, sem gastar fortunas com provedores de banda larga para baixar as mulheres pela internet.

Mas alguns eunucos não eram tão de confiança assim. Diz a lenda que o califa Harum Al-Rachado voltou para casa mais cedo e flagrou sua esposa predileta com o chefe dos eunucos!

SEXO NA IDADE MÉDIA

A Idade Média foi um período de muitas guerras santas que obrigavam os homens a passar anos ou mesmo décadas fora de casa e por isso eles foram obrigados a tomar certas providências para impedir que certas protuberâncias crescessem em suas testas. Foi aí que surgiu uma invenção muito popular chamada CINTURÃO DE CASTIDADE, que consistia numa série de apetrechos ligados entre si por um cadeado, cuja chave o marido escondia por medida de segurança, impedindo assim que algum engraçadinho se aproveitasse delas durante sua ausência.

O cinto vedava todos os buracos do corpo das mulheres, impedindo a entrada de objetos estranhos. Como elas faziam xixi ou cocô ainda não conseguimos imaginar, mas é sabido que durante a Idade Média a maioria das mulheres sofria de prisão de ventre.

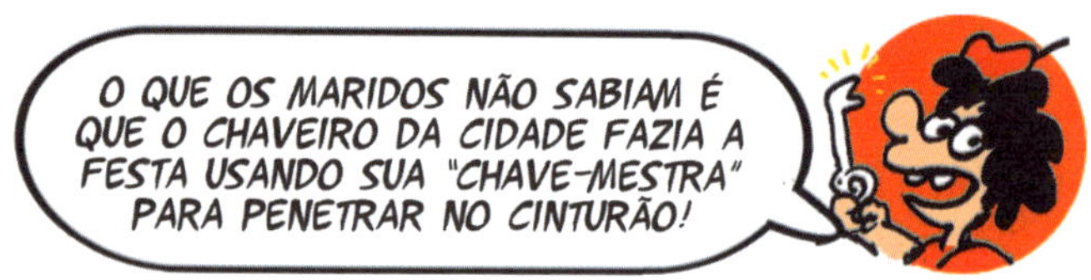

Embora as feministas considerem o cinturão de castidade um símbolo do machismo, na verdade era apenas uma demonstração do carinho que os maridos sentiam por suas esposas. O objetivo real do cinto era protegê-las de ataques de tarados e outras coisas do tipo. E também era a garantia de que elas não pegariam nenhuma doença venérea ou mesmo engravidaria de outros homens por descuido.

Por pressão da esposa do rei Cornélio III, da Cornuália, o cinto de castidade foi abolido no século XV. A palavra da mulher era suficiente para que o marido acreditasse que ela não sairia com outros homens. Naqueles tempos, bastava um fio de barba para selar um compromisso!

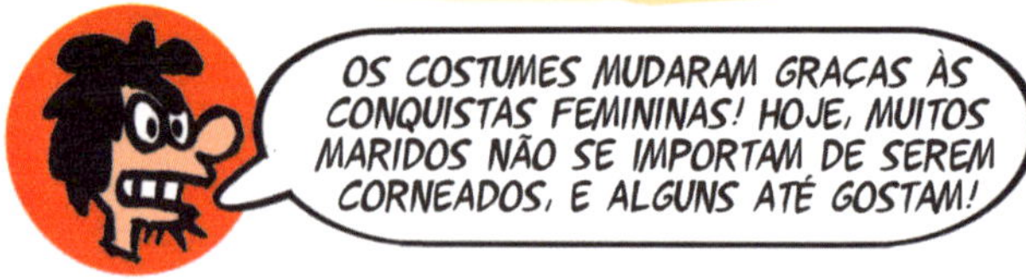

SEXO NA ÍNDIA

As grandes navegações ampliaram as fronteiras do mundo. Com a descoberta do caminho para as Índias, os europeus importaram os costumes de países distantes. Da Índia trouxeram o popular *best-seller* local, o *Kama sutra*, um manual de sexo que ensinava novas posições até então inimagináveis!

SEXO NO BRASIL

Mas foi com o descobrimento do Brasil que a coisa esquentou! Ao chegarem em nossas terras, os portugueses perceberam que os nativos tinham costumes estranhos para eles, como tomar banho e andar pelados. Isso veio a ser uma mão na roda para os portugueses, que passavam meses no mar ao lado de outros caras fedorentos. Eles não só adotaram a prática do nudismo como trataram rapidamente de se entrosar com as simpáticas habitantes locais.

Os índios, por sua vez, não se fizeram de rogados e trataram de compartilhar seus costumes locais com os visitantes, principalmente na parte de culinária. Era uma simbiose total. Os portugueses comiam as índias e em troca as índias comiam os portugueses. Eram dias de muita festa, regados a lautos banquetes.

NINO & NENO
(AS MOSCAS DA CABEÇA DO OTA)
NUNCA VI TANTA BESTEIRA DE UMA SÓ VEZ! ACHO QUE JOGUEI MEU DINHEIRO FORA! SERÁ QUE A LIVRARIA ACEITA DEVOLUÇÃO?
VÁ OLHAR AS SUAS REVISTAS DE MOSCAS PELADAS E ME DEIXE EM PAZ, NINO! ESTOU ADORANDO O LIVRO!

SEXO PARA INCIANTES

DIFERENÇA ENTRE OS SEXOS

O que todo iniciante precisa saber é que há certas diferenças entre os sexos masculino e feminino. Algumas são visíveis, outras não. Nesta e na página ao lado listamos as principais delas.

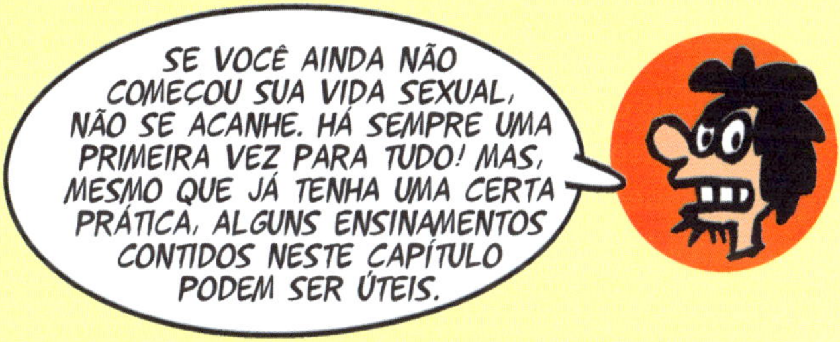
SE VOCÊ AINDA NÃO COMEÇOU SUA VIDA SEXUAL, NÃO SE ACANHE. HÁ SEMPRE UMA PRIMEIRA VEZ PARA TUDO! MAS, MESMO QUE JÁ TENHA UMA CERTA PRÁTICA, ALGUNS ENSINAMENTOS CONTIDOS NESTE CAPÍTULO PODEM SER ÚTEIS.

MULHERES!

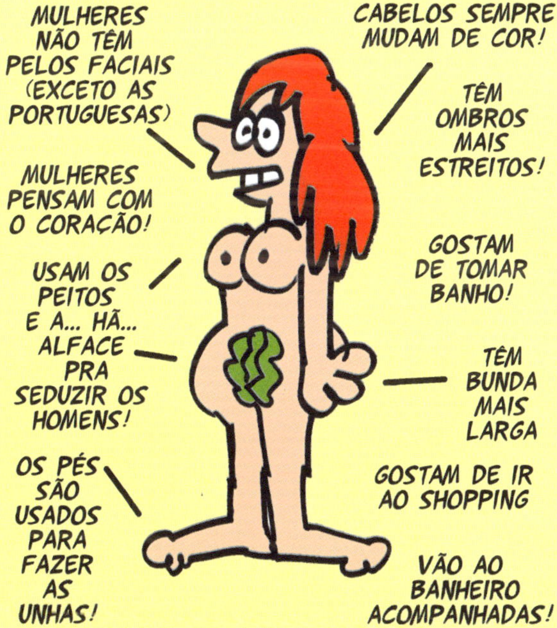
MULHERES NÃO TÊM PELOS FACIAIS (EXCETO AS PORTUGUESAS)
MULHERES PENSAM COM O CORAÇÃO!
USAM OS PEITOS E A... HÃ... ALFACE PRA SEDUZIR OS HOMENS!
OS PÉS SÃO USADOS PARA FAZER AS UNHAS!
CABELOS SEMPRE MUDAM DE COR!
TÊM OMBROS MAIS ESTREITOS!
GOSTAM DE TOMAR BANHO!
TÊM BUNDA MAIS LARGA
GOSTAM DE IR AO SHOPPING
VÃO AO BANHEIRO ACOMPANHADAS!

O TAMANHO DO PÊNIS

A grande dúvida de todos os homens é qual o tamanho certo, principalmente quando ainda estão na adolescência. Com medo de mostrar os seus aos colegas e ser ridicularizados e com menos coragem ainda de exibi-los para as meninas, muitos adolescentes ficam um bom tempo apavorados. Com a ajuda desta tabela, você pode fazer o teste em casa e tirar a dúvida (lembre-se, o tamanho corresponde ao membro EM REPOUSO).

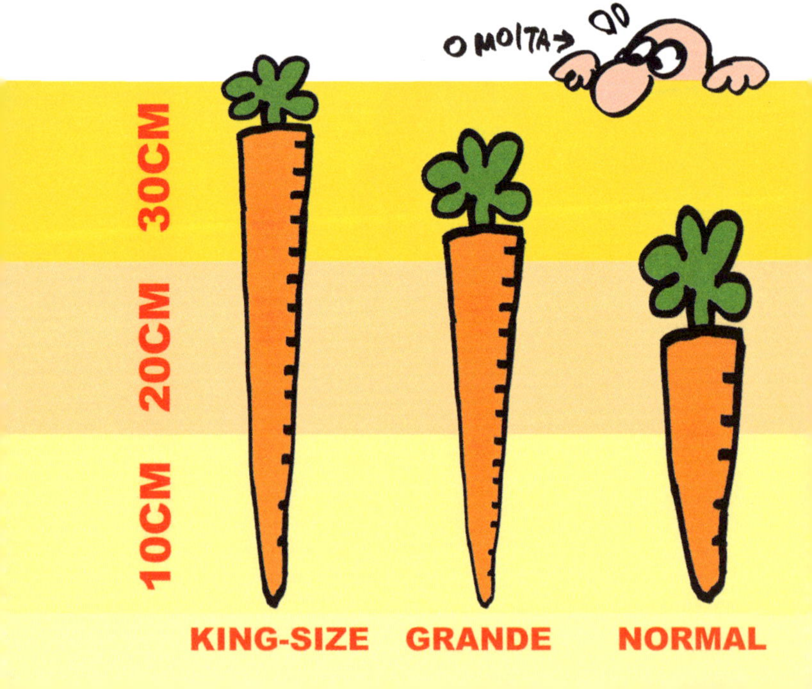

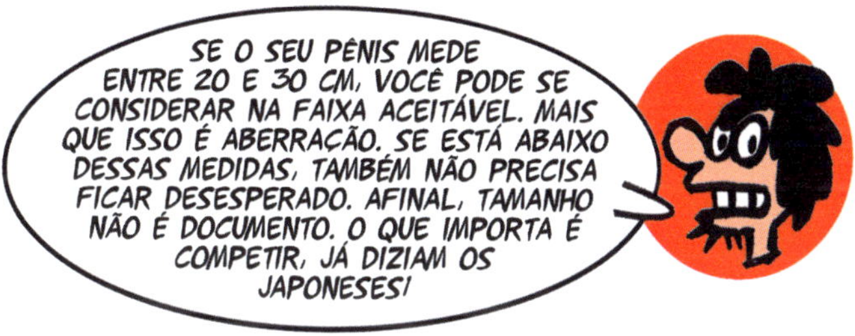

VOCÊ SABIA?

FOI PARA NÃO SE SENTIR MAIS TÃO COMPLEXADO DEVIDO AO SEU DIMINUTO PÊNIS QUE O CÉLEBRE INVENTOR CHINÊS MING LEE TEVE A IDEIA DE CRIAR UMA DE SUAS MAIS POPULARES INVENÇÕES, A **LENTE DE AUMENTO!**

Já nas meninas, o que cresce é outra coisa. Antigamente o processo era mais demorado, mas, devido aos hormônios que os fabricantes de chester e frangos injetam para que eles cresçam mais rápido, o efeito em cascata se reflete nas meninas. De um modo geral, as mulheres de hoje estão ficando mais peitudas. Se você tem inveja das suas amigas porque elas já têm peitos e você ainda não, não se preocupe. A qualquer momento, o processo de crescimento vai detonar e seus seios vão "explodir".

Entretanto, o ser humano jamais está satisfeito. Apesar da fartura dos peitos naturais atuais, o volume de aplicações de silicone cresce numa proporção maior ainda.

Mesmo a prática sendo condenada pela Igreja, a indústria não para. O governo faz vista grossa, já que está literalmente mamando a grana dos impostos gerados pelas fábricas de silicone e de carrinhos de mão.

A ESCOLHA DO PARCEIRO

Embora seja tecnicamente possível fazer sexo sozinho, é recomendável utilizar um parceiro para a empreitada. Em primeiro lugar, vamos ver se você está preparado. Marque com um X o que acha que seria o parceiro ideal para você. Depois, confira o resultado na página seguinte.

VIRE O LIVRO DE CABEÇA PRA BAIXO
PRA CONFERIR OS RESULTADOS

TRANSEXUAIS, TRANSGÊNICOS E TRANSGENÉRICOS

Nem todo mundo está satisfeito com o sexo em que nasceu. Alguns meninos gostariam de ter nascido meninas, e vice-versa. Embora esses indícios possam ser notados desde a infância, é a partir da adolescência que essas tendências começam a se manifestar pra valer.

Mas nem tudo é sintoma de que a criança vá se tornar homossexual no futuro. Se você é menina e gosta de brincar com bonecas, não se acanhe. Brincar com bonecas não é um privilégio exclusivamente masculino.

Caso você esteja insatisfeito ou insatisfeita com o corpo que veio de fábrica, hoje em dia é possível fazer uma simples operação que resolve isso. Cada vez mais e mais pessoas estão aderindo à nova moda, podendo usufruir de sua verdadeira sexualidade como sempre quiseram!

DRAG QUEENS

Antigamente, pela lei só era permitido aos homens se vestir de mulher durante o carnaval, quando todos podiam soltar a franga sem serem chamados de boiolas. Com a evolução dos costumes, o travestismo passou a ser permitido também nas paradas gay e em outros ambientes, como pontos de pegação, boates GLS e repartições públicas. Mas continua sendo vetado homens se vestir de mulher em campos de nudismo.

O fato de um homem gostar de se vestir de mulher não significa necessariamente que ele seja gay. O deputado acima é um respeitável pai de família, mas depois do expediente gosta de andar pela night de Brasília vestido de mulher. Foi conquistando esse segmento que conseguiu seu mandato, pois como se sabe, a imensa maioria dos habitantes de Brasília são gays enrustidos.

VOCÊ SABIA?

ISABELITA DE LOS PATINES

ERA UM FAMOSO TRAVECO ARGENTINO QUE ACABOU CASANDO COM UM BAM-BAM-BAM LOCAL NOS ANOS 1960. GRAÇAS A ISSO, A ARGENTINA FOI O PRIMEIRO PAÍS DO MUNDO A APROVAR O CASAMENTO GAY! ISABELITA ERA TÃO POPULAR QUE DEPOIS SE CANDIDATOU À PRESIDÊNCIA E AINDA TEVE UMA LEGIÃO DE IMITADORES NO MUNDO, ATÉ MESMO NO BRASIL!

GRAVIDEZ INDESEJADA

A falta de informação é o principal causador desse problema que acomete muitas da moças que iniciam cedo sua vida sexual. Se houvesse mais boa vontade por parte das mães e pais para ter uma conversa franca com as filhas ou mesmo uma política eficiente do governo em distribuir cartilhas explicativas, muitos casos de gravidez indesejada poderiam ser facilmente evitados.

Confusas, as moças não sabem direito como as coisas funcionam e perdem uma boa oportunidade de ser mais felizes.

Praticar sexo com preservativos é a maneira mais eficaz de prevenir não só esse problema como doenças e despesas repentinas. Se for fazer sexo, não corra riscos desnecessários! Use sempre camisinha! E mesmo assim existe a possibilidade de a camisinha furar.

Se você é homem, é mais garantido levar as suas próprias camisinhas, e de marcas confiáveis. Essa dica vale principalmente se você for jogador de futebol ou celebridade. Poucos sabem, mas existe um conluio entre a máfia das fábricas de camisinhas furadas e o sindicato das Marias Chuteiras e outras Marias com o intuito de enganar os incautos e extorquir dinheiro deles. Veremos no próximo capítulo como fazer sexo seguro.

NINO & NENO
(AS MOSCAS DA CABEÇA DO OTA)
NENO, SE VOCÊ PREFERE PERDER O SEU TEMPO LENDO ESSA PORCARIA, AZAR SEU! FUI CONVIDADO PRA UMA ORGIA NA CASA DE UM CAMARADA MEU E NÃO VOU PERDER ESSA PARADA!
ACHO MELHOR VOCÊ LER O PRÓXIMO CAPÍTULO ANTES DE IR, NINO!

SEXO
SEGURO

DOENÇAS VENÉREAS

A promiscuidade sexual é o principal fator de disseminação dessas doenças. Nos anos 1970, quando uma música de Chico Buarque chegou ao *hit parade*, todo mundo começou a transar com todo mundo. Ninguém era de ninguém. Por causa disso, inúmeras doenças se propagaram.

Algumas doenças venéreas eram relativamente fáceis de curar. Se a vítima pegava uma gonorreia, por exemplo, uma simples injeção de Benzetacil resolvia tudo.

Mas, nos anos 1980, com a chegada da AIDS, as coisas mudaram radicalmente. A AIDS era uma doença fatal e em poucos meses quem se contaminava tinha uma morte horrível. O único jeito de evitar era não praticando sexo, mas nem mesmo os padres pedófilos estavam dispostos a isso.

Felizmente, havia um jeito de contornar o problema. As camisinhas, originalmente usadas como contraceptivos, vieram para salvar a parada. Era só colocar uma por cima da... hã... cenoura que não se corria mais riscos. Quem gostou mais ainda da novidade foram os fabricantes de camisinhas!

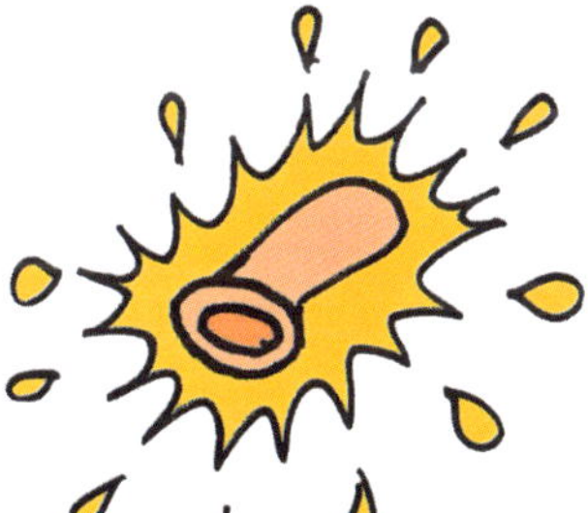

USO CORRETO DA CAMSINHA

Para tornar esta parte do livro visualmente mais agradável, vamos recorrer novamente às cenouras, ok? A figura 1 mostra o posicionamento correto da camisinha no... hã... na cenoura do usuário.

A área vermelha representa a camisinha. Mas ela pode ser de qualquer cor!

Notem que para tornar o uso das camisinhas mais apetecível, principalmente quando se vai fazer sexo oral, alguns fabricantes passaram a colocar no mercado camisinhas com sabores variados, inclusive de... cenouras!

Lembre-se, cada camisinha deve ser usada uma única vez por um casal de parceiros. Embora a reciclagem esteja na moda, não é aconselhável reaproveitar camisinhas já usadas, nem mesmo lavando com água sanitária, álcool, creolina ou outro produto. No caso de o usuário estar participando de uma orgia, obrigatoriamente terá que trocar a camisinha na hora que for trocar de parceiro. Por essa razão, é sempre bom manter seu estoque de camisinhas bem abastecido.

TABELA BÁSICA
(VÁLIDA TAMBÉM PARA GAYS)

1 HOMEM X 1 MULHER= 1 CAMISINHA
1 HOMEM X 2 MULHERES= 2 CAMISINHAS
1 HOMEM X 3 MULHERES= 3 CAMISINHAS
2 HOMENS X 1 MULHER= 2 CAMISINHAS
2 HOMENS X 2 MULHERES= 4 CAMISINHAS
2 HOMENS X 3 MULHERES= 6 CAMISINHAS
1 HOMEM X 4 MULHERES= 4 CAMISINHAS
10 HOMENS X 10 MULHERES= 100 CAMISINHAS
1000 HOMENS X 1000 MULHERES=
1 MILHÃO DE CAMISINHAS

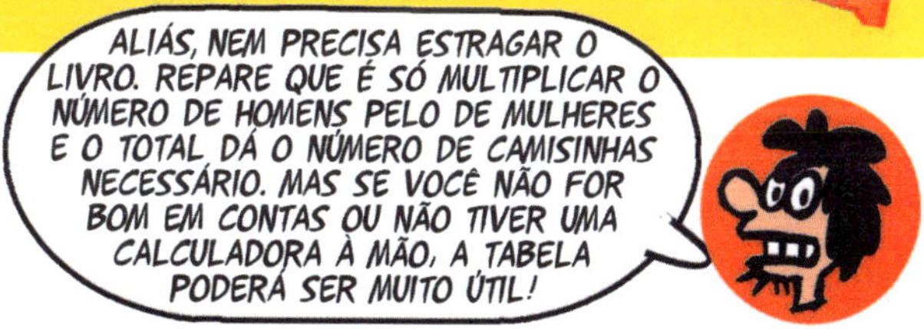

Para não se confundir, recorte a tabela acima e leve junto com as camisinhas sempre que for fazer sexo.

Dois jogadores, Bruno e Edmundo (nomes fictícios), conheceram Eliza e Cristina num baile *funk*. Não foi difícil convencerem as garotas a participarem de uma orgia com eles. Entretanto, eles só tinham duas camisinhas e, consultando a tabela da página anterior, viram que precisariam de quatro e ficaram desesperados. Entretanto, Edmundo lembrou de um truque que aprendeu numa velha revista *Mad* dos anos 1980. Veja nas páginas a seguir como se saíram.

Primeiro, o Homem 1 coloca a Camisinha A em sua cenoura, e por cima da Camisinha A coloca a Camisinha B. É, isso mesmo: a Camisinha B fica por cima da Camisinha A nesta etapa. A seguir, o Homem 1 transa com a Mulher X. Embora aparentemente o Homem 1 esteja gastando duas camisinhas de uma vez, veremos como isso será útil mais tarde.

Enquanto isso, o Homem 2 e a Mulher Y ficam apenas observando o outro casal transar.

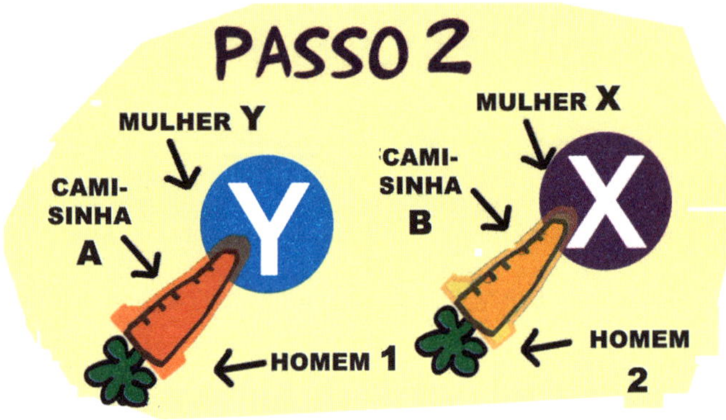

As mulheres trocam de posição. O Homem 1 retira a Camisinha B de cima da Camisinha A e a passa para o Homem 2, que a coloca em sua cenoura. E transa com a mulher X. Enquanto isso, o Homem 1 transa com a Mulher Y. Observe que até agora nenhum dos quatro participantes corre o risco de se contaminar, já que a parte interna da Camisinha A e a parte externa da Camisinha B estão encostando exatamente nos mesmos lugares que o passo anterior.

Durante essa fase, nenhum dos casais tem tempo de ficar olhando o que o outro faz, já que os quatro participantes da orgia estão se divertindo.

A seguir o Homem 1 retira a Camisinha A de sua cenoura e a passa para o Homem 2, que a coloca por cima da Camisinha B, a qual permanece na mesma posição, isto é, em cima da cenoura de 2. Aí Homem 2 parte com tudo para cima da Mulher Y.

Durante esta fase, é a vez de o Homem 1 e a Mulher X ficarem olhando o outro casal se divertir. Observe que cada um dos homens conseguiu transar com cada uma das mulheres e ninguém corre risco algum de se contaminar, já que as partes usadas das camisinhas (isto é, o interior da Camisinha A e o exterior da Camisinha B) não estão tendo qualquer contato com corpos humanos!

Satisfeitos com a proeza, no dia seguinte Bruno e Edmundo convidaram as mesmas garotas para um chopinho e combinaram de repetir a proeza da véspera. Nisso, apareceu no bar um inglês, Mick, que não era jogador mas sim cantor de rock, embora gostasse muito de futebol. Ele veio acompanhado de uma garota chamada Luciana. Estes ficaram excitadíssimos quando escutaram o relato dos dois jogadores e suas acompanhantes, e propuseram na hora uma nova orgia, desta vez com três homens e três mulheres. Todos toparam na hora, é claro, e foram pro motel mais próximo.

Mas, como sempre, na pressa esqueceram de passar na farmácia. Chegando lá, perceberam que só o Mick tinha trazido camisinhas, num total de três. A princípio parecia fácil, pois se na véspera duas camisinhas abasteceram dois homens e duas mulheres, pela lógica, três camisinhas bastariam pra três homens e três mulheres. Você consegue imaginar como eles fizeram desta vez?

RESPOSTA: Não fizeram! Os três ficaram horas quebrando a cabeça fazendo cálculos complicadíssimos pra encontrar uma fórmula matemática, mas não acharam um jeito de resolver a parada. Nesse meio-tempo as garotas se encheram e foram embora, deixando os rapazes na mão.

Para evitar mais problemas, no dia seguinte, Bruno, Edmundo e Mick compraram uma caixa com dez camisinhas cada um e combinaram uma superorgia, chamando um monte de garotas de programa e mais as meninas da véspera. Todo mundo se divertiu a valer e cada um transou com quem quis. Desta vez não faltaram camisinhas. Pelo contrário, até sobraram algumas. Essa orgia foi inesquecível e entrou para os anais do futebol.

Quando os três amigos acordaram, perceberam que haviam sobrado cinco camisinhas, as quais resolveram dividir entre si para ninguém ficar sem. Cada um ficou com uma e deram as duas que sobraram pro faxineiro que ia limpar toda a lambança que eles tinham feito. Entretanto, na saída, Bruno, que era o mais pão-duro dos três, falou:

— Ei! Peraí! Cada um de nós tinha levado dez camisinhas e recebeu uma de volta, gastando portanto nove. Nove veis três dá vínte e sete. Mais as duas que a gente demos de gorjeta pro faxineiro dá vinte nove! QUEM FICOU COM A CAMISINHA QUE SOBROU?!!!!!!

Começou uma discussão interminável e os três acabaram saindo na porrada, morrendo aí a amizade. Para piorar, algumas das garotas engravidaram e eles até hoje morrem na pensão, e um que não quis pagar foi parar na cadeia.

NINO & NENO
(AS MOSCAS DA CABEÇA DO OTA)
AH, A ORGIA ESTAVA ÓTIMA! UÉ, NENO, VOCÊ AINDA TÁ PENDURADO NESSE LIVRO?
VÁ VER SE EU ESTOU NA ESQUINA, NINO!

SEXO NO CASAMENTO

Quando um casal chega a uma relação estável, ambas as partes começam a ter o mesmo sonho: juntar os trapos e oficializar a união, dando uma grande festa para os amigos e parentes. Além de poderem passar a dormir juntinhos todas as noites.

Só que o sonho é um pouco diferente para cada um dos dois. Enquanto as mulheres têm o lindo sonho da maioria de casar de véu e grinalda na igreja, para os rapazes isso é o maior pesadelo, pois eles sabem a encheção de saco que vem pela frente.

Os preparativos podem levar um ano ou mais, e o noivo terá que ter muita paciência com a noiva, pois à medida que a data se aproxima ela vai ficando cada vez mais insuportável. É um fenômeno científico comprovado: a TPC (Tensão Pré-Casamento) ocorre porque todo o *stress* de organizar a festa acaba descontrolando os hormônios, o que atinge diretamente o cérebro da mulher e afeta o seu raciocínio lógico. Principalmente quando vai escolher o vestido, parte que consome cerca de 80% do tempo empregado na organização de um casamento!

VIRGINDADE

O hímen, vulgarmente conhecido como "cabaço", corresponde mais ou menos àqueles lacres que vêm em alguns produtos para atestar que nunca foram usados. Se estiver violado, o consumidor pode pedir seu dinheiro de volta. De acordo com os costumes de cada época e a religião da vítima, ele é um componente fundamental para as mulheres.

Por essa razão, durante algum tempo as moças tinham que casar virgens. Se na lua de mel o marido descobrisse que a noiva era de segunda mão, tinha o direito de devolvê-la ao pai. Em certos países, após a lua de mel os casais são obrigados a expor os lençóis manchados de sangue no varal para comprovar o "ineditismo" da donzela.

Hoje em dia, não é mais necessário a garota ser virgem para casar. Mas isso ocorre mais nos grandes centros urbanos, onde ninguém liga pra esse tipo de coisa. No interior, entretanto, onde as cidades são pequenas e todo mundo sabe da vida de todo mundo, as meninas têm que tomar cuidado para não ficarem "faladas". Se querem fazer sexo, têm que fazer tudo bem escondidinho, pois, se algum fofoqueiro descobrir, a notícia se espalha mais rápido que um viral de internet. Quando isso ocorre, os pais tomam providências para que o rapaz "repare o mal" que fez à moça.

A DESPEDIDA DE SOLTEIRO

Por lei, todo noivo tem o direito de promover um bundalelê com os amigos e algumas garotas de programa especialmente convidadas para o evento. Ele geralmente ocorre na véspera do casamento. Não é difícil despistar a noiva e as namoradas ou esposas dos caras que você chamou, já que a essa altura todas ainda estão tentando ajudar a escolher o vestido da noiva. Ou será que é porque elas marcam uma cerimônia similar no mesmo horário? Seja como for, aproveite! E, para não ficar na mão como os jogadores do capítulo anterior, leve muitas camisinhas!

Esse é o ponto máximo do casamento, aquilo que todo casal esperou o tempo todo. Unidos pelas bênçãos do padre e do juiz de paz, os noivos se despediram dos convivas e foram pro mocó onde vão passar a sua primeira noite como marido e mulher. Entretanto, enganam-se os que pensam que vai rolar alguma coisa nessa noite. Após todo o *stress* da cerimônia, um dos dois (geralmente o noivo, ainda mais depois da despedida de solteiro da noite anterior) acaba apagando e não rola absolutamente nada!

A SOGRA

Entre os inúmeros problemas que aparecem junto com o casamento, um deles é o pior de todos: a sogra. Tanto faz ser sogra do marido ou da mulher, ela vai infernizar a vítima até o fim de seus dias (ou do casamento, o que acabar antes).

Para os homens, além da encheção de saco, a sogra tem uma grande agravante: ela geralmente é o espelho de como sua mulher vai ser amanhã. Isso é de apavorar qualquer um.

Normalmente, as pessoas se casam para não precisar mais morrer na grana do motel e poder fazer sexo todo dia. Mas, na prática, isso é o que menos ocorre entre os casais casados. Passando a euforia dos primeiros dias, a vida cai na rotina e o que menos um casal faz é sexo, já que ambos terão que poupar energia para poder brigar com mais eficácia. Isso, aliado ao *stress* e às responsabilidades que um casamento acarreta, não deixa tempo para que o casal possa praticar sexo.

A falta de sexo no casamento pode levar um dos cônjuges (ou ambos) a arranjar amantes para resolver suas necessidades básicas. Isso não significa que o amor acabou, e sim que um dos dois está procurando fora aquilo que não encontra em casa.

Convém ter cautela e ser discreto para não magoar a outra parte. O ideal seria contar tudo para a outra pessoa, mas ela poderia reagir de um jeito não muito favorável para você.

Fazer sexo com amantes normalmente não leva a graves consequências. O problema é quando uma das partes se apaixona pra valer!

Quando uma traição é descoberta recomenda-se a todos os envolvidos agir da maneira mais discreta possível, tanto a parte que está traindo como a que está sendo traída. Afinal, um assunto de foro íntimo de duas ou três pessoas não deve virar de domínio público. Ninguém gosta de ser chamado de corno! Por isso, o certo é os envolvidos terem uma atitude civilizada. Melhor resolver as desavenças dentro de casa do que se arriscar a cair na boca dos fofoqueiros!

NINO & NEN
(AS MOSCAS DA CABEÇA DO
NENO, VOCÊ PRECISA SE TRATAR! É DOENTIO FICAR PENDURADO NUM LIVRO ASSIM. ESSE TAL ☺TA TÁ TIRANDO UMA ONDA COM A CARA DE TODO MUNDO! CAIA NA REAL!
NINO, ME RECUSO A CONTINUAR UMA CONVERSA COM VOCÊ NESSE NÍVEL!

SEXO À DISTÂNCIA

Antigamente, era complicado namorar à distância. Este casal se conheceu quando a família da moça visitou o país do outro e trocaram os endereços, jurando amor eterno.

Na época, as cartas iam de navio, o meio de transporte mais rápido. Logo começou uma apaixonada correspondência entre os dois pombinhos.

Cinco anos depois, o romance estava cada vez mais tórrido, chegando a intimidades impensáveis.

O problema é que uma das cartas que a moça mandou foi levada pelo *Titanic*, e todos sabem o que aconteceu... o rapaz nunca recebeu a resposta.

E assim, por causa de um simples mal-entendido, a troca de cartas parou. Cada um se achava culpado e não tiveram mais coragem de escrever cartas!

Muitos e muitos anos se passaram, mas o rapaz jamais esqueceu sua adorada musa, que perdeu por causa dos arroubos de sua juventude. Pudesse ele voltar atrás no tempo, não seria tão ousado e não teria jogado fora a sua felicidade.

Um dia, ele se encheu de coragem, vendeu tudo o que tinha e viajou até o país onde a moça morava para se desculpar pelas cartas ousadas e pedir uma nova chance. Quem sabe talvez agora ela o perdoasse?

Chegando lá, sua amada ainda morava no mesmo endereço. Depois de tantos anos de sofrimento, o casal finalmente se reencontrou.

Com a invenção do telefone, a comunicação à distância ficou mais fácil. Era possível para casais que moravam longe se comunicar em tempo real.

Nada de esperar dias pelo retorno do carteiro! Tudo era na mesma hora. Dava gosto poder ligar e ouvir a voz da pessoa amada.

Começou a se criar também um novo nicho no mercado: o TELESSEXO. Agora já era possível discar para um número telefônico e ser atendido por uma linda voz de mulher disposta a abrir sua intimidade com quem tivesse ligado.

Para os rapazes carentes era uma mão na roda. Por uma quantia módica (o preço de uma simples ligação internacional) era possível discar para um número e ouvir uma linda voz de mulher falando tudo o que a gente pedisse. Para as mulheres com vozes bonitas se abriu uma nova frente no mercado de trabalho. E o que era melhor: podia-se trabalhar em casa, economizando o dinheiro da condução.

Mais um passo importante para a comunicação à distância veio com a chegada da internet. Nas redes de IRC (Internet Relay Chat), computadores ficavam interconectados e as pessoas podiam se comunicar. Era simples: bastava copiar um código de 200 ou 300 caracteres, decorar mais uns 50 ou 60 comandos e digitar as frases nas janelinhas.

Esses primeiros contatos logo evoluíam para os encontros ao vivo, chamados de IRContros, onde os internautas podiam se conhecer pessoalmente. Como ninguém sabia como era a cara de ninguém, todos marcavam se encontrar usando determinadas roupas, para facilitar o reconhecimento. Alguns, por precaução, iam com roupas diferentes. Se a outra parte realmente interessasse, era só usar a desculpa de que a roupa tinha manchado quando ia sair de casa e teve que trocar às pressas.

Mas o grande *boom* do namoro virtual foi quando os provedores disponibilizaram as famosas salas de *chat* onde pessoas com interesses comuns podiam trocar ideias, fazer amizade e, quem sabe, até algo mais. E isso sem ter que digitar códigos complicados. Tudo apenas com um clique do *mouse*. Era a internet chegando ao povão!

O maior problema nesses encontros com desconhecidos era que nem sempre um dos parceiros correspondia ao que o outro esperava. Felizmente, os *scanners* e câmeras digitais se popularizavam, por isso passou a ser de praxe trocar fotos antes do encontro ao vivo. Mesmo assim, poderia haver decepções.

Mais alguns anos se passaram e finalmente, com a invenção da *webcam*, todos os problemas foram resolvidos. Agora ninguém leva mais gato por lebre! Hoje em dia, é impensável que um casal parta para um encontro ao vivo sem que ambos tenham se apreciado pela *cam* sob todos os ângulos possíveis!

NINO & NENO
(AS MOSCAS DA CABEÇA DO
OPA! SEXO BIZARRO! AGORA ESSE LIVRO ESTÁ COMEÇANDO A ME INTERESSAR!
VOCÊ É DOENTE, NINO!

SEXO BIZARRO

O QUE É TARA

O termo tara tem vários significados: pode ser tanto uma objeção compulsiva por alguma coisa como um tipo de preferência sexual. Às vezes são coisas bobinhas, mas nem todo mundo tem abertura suficiente para aceitar isso de um parceiro.

É preciso ter cautela quando for confessar seus desejos secretos a quem você ama. Embora não exista nenhuma lei proibindo e nem mesmo na Bíblia haja qualquer referência que considere pecado fazer sexo com uma cesta de frutas na cabeça, é muito provável que, se você falar na lata que gosta de fazer isso, seu parceiro diga que vai pra rua comprar cigarros e não volte mais. Geralmente toda tara deriva de algum trauma sofrido na infância. Essa de transar com frutas na cabeça, por exemplo, ocorre quando a pessoa em criança era obrigada pelos pais a assistir às reprises dos filmes de Carmen Miranda na Sessão da Tarde.

É preciso, pois, ter cautela quando se vai falar dessas intimidades com alguém. Pessoas mais conservadoras consideram tara qualquer coisa que fuja das tradicionais posições "papai e mamãe", "frango assado", "cachorro doido", "canguru perneta" e "pavão misterioso". Muitas vezes, os casados procuram arranjar por fora amantes que compreendam suas fantasias.

Se for com consentimento mútuo e dentro de quatro paredes, um casal pode fazer o que bem entender. Use a sua imaginação! E sempre procure satisfazer os desejos de seu parceiro! Quem sabe você vai acabar gostando! Essa é a chave para uma relação feliz. Para quem tem mente aberta, um mundo novo de possibilidades se apresenta.

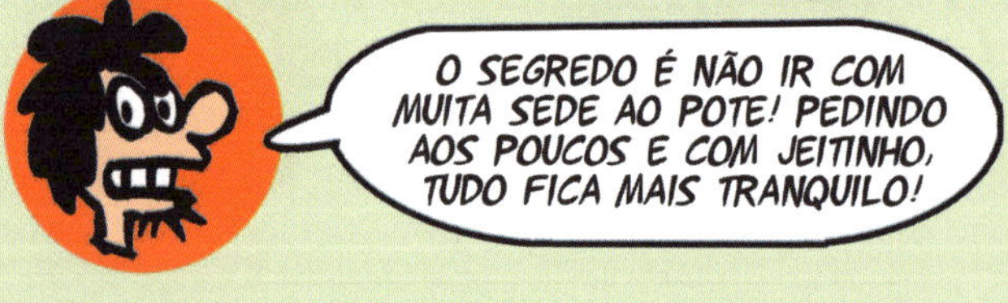

SADOMASOQUISMO

O termo "sadismo" tem esse nome em homenagem ao marquês de Sade, famoso sexólogo francês do século XVIII. Suas obras abriram a cabeça de muita gente, mas infelizmente ele não foi compreendido em sua época. Por causa de suas ideias avançadas, foi encarcerado diversas vezes na Bastilha, onde inclusive teve o tempo livre necessário para completar a sua obra, contando com a ajuda de alguns companheiros de cela.

Já o masoquismo só foi introduzido no século seguinte. Decidindo que não era justo apenas os adeptos do marquês de Sade se divertirem, o austríaco Leopold von Sacher-Masoch provou que era possível sentir prazer com o sofrimento! Assim, emprestou seu nome para denominar a nova modalidade. Ele chegou a assinar um contrato com uma baronesa local para se tornar seu escravo sexual, e ela devia torturá-lo sempre que ele pedisse. A única exigência era que ela usasse casacos de pele durante essas extravagâncias!

Os herdeiros do marquês de Sade e de Masoch se uniram e realizaram uma das primeiras fusões de empresas de que se tem notícia. Assim surgiu o sadomasoquismo, juntando o útil ao agradável. Quem gostava de bater se juntava com quem gostava de apanhar e tava tudo resolvido. Surgiram inúmeros clubes especializados que forneciam aos clientes os apetrechos mais modernos para se divertirem!

Hoje muitas famílias vivem em função da indústria do sadomasoquismo, que inclusive cumpre seu papel social: ajudou a evitar que as fábricas de instrumentos de tortura fossem à falência depois que acabou a ditadura militar, evitando, portanto, o desemprego em massa.

NECROFILIA

Esta modalidade sexual consiste em fazer sexo com pessoas mortas e geralmente é mais praticada por pessoas do sexo masculino no papel ativo, embora possa haver variantes. Infelizmente tem suas desvantagens. Primeiro, uma das partes tem que se sacrificar e morrer para que o ritual possa ser executado a contento. E mesmo assim não dá para repetir a dose muitas vezes, pois cadáveres têm um prazo de validade muito curto. Mesmo com as modernas técnicas de refrigeração, é pouco provável que a brincadeira dure mais de uma semana. Depois disso, é necessário arrumar outro parceiro.

Para piorar, a prática da necrofilia é proibida em todos os países, com exceção da Transilvânia. Lá todos estão mortos há muitos anos e não seria justo privar a população local de fazer sexo.

VOCÊ SABIA?

O FAMOSO ASTRO DE CINEMA **CONDE DRÁCULA** ERA UM NECRÓFILO! SÓ QUE ELE PRATICAVA A NECROFILIA AO CONTRÁRIO, POIS ERA ELE QUEM ESTAVA MORTO QUANDO TRANSAVA COM SUAS VÍTIMAS. GRAÇAS A ELE, A MODA PEGOU EM TODO O PAÍS, E VIROU ATÉ ATRAÇÃO TURÍSTICA!

Tecnicamente, apenas se um necrófilo matar seu parceiro estará sujeito a ser preso. Se o parceiro já estiver morto, a outra parte não estará cometendo nenhum crime. Entretanto, as autoridades baniram a necrofilia da lista de taras permitidas.

Apenas os funcionários do Instituto Médico Legal têm autorização para praticar necrofilia, e mesmo assim têm que ser discretos, pois os parentes da vítima poderão não gostar muito.

NINO & NENO
(AS MOSCAS DA CABEÇA DO OTA)
SEXO ILEGAL! UAU! TUDO QUE É ILEGAL ME ATRAI!
DAI-ME FORÇAS!

SEXO PROIBIDO

PEDOFILIA

Dentre as inúmeras taras e desvios sexuais catalogados, o mais hediondo é a pedofilia. Atualmente, apenas a Igreja tolera essa prática, alegando que está na Bíblia. Jesus teria dito: “Deixai vir a mim as criancinhas”, e muitos padres não se fizeram de rogados. Durante séculos o Vaticano fez vista grossa para o problema, mas a pressão tem sido tão grande que mesmo os religiosos ficaram visados. Os únicos que ainda não estão sendo fiscalizados são os chefes de escoteiros, mas é uma questão de tempo até que eles também entrem no rol dos procurados.

Muitos adeptos ferrenhos da pedofilia, como os cineastas Roman Polanski e Woody Allen, tiveram que mudar de ramo quando isso se tornou ilegal. Se bem que esses já tinham sido forçados pela natureza a abolir essas práticas há tempos... Devido à avançada idade que ambos têm hoje, é pouco provável que consigam fazer mal a alguma ninfeta.

VOCÊ SABIA?

SEGUNDO O GUINNESS, O MAIS JOVEM PEDÓFILO A SER APANHADO É O FAMOSO

BEBÊ PEDÓFILO,

QUE NUMA SÓ NOITE ATACOU TODOS OS DEMAIS BEBÊS DA MATERNIDADE ONDE MORAVA. ENTRETANTO, MESMO PRESO EM FLAGRANTE, FOI SOLTO POR UMA TECNICALIDADE... SEU ADVOGADO PROVOU QUE ELE ERA INIMPUTÁVEL, POR SER DE MENOR.

Hoje qualquer um que for apanhado transando com menores vai pra cadeia sem dó nem piedade, e com direito a uma visita de cortesia ao Serjão na cela ao lado, além de correr o risco de sofrer uma castração química ou outras coisas que nem é bom pensar.

O grande problema é que as meninas estão se desenvolvendo cada vez mais rápido, devido aos hormônios usados pelos produtores de chester e frango (ver p. 32) e é muito difícil distinguir uma menina de uma mulher. Observe atentamente o desenho abaixo e diga qual ou quais das garotas são de menor. A resposta está de cabeça pra baixo.

Sim, você acertou se escolheu a Bruna (que tem 13 anos) e a Samanta (que tem apenas 12). A única adulta no grupo é a Lulu, que tem mais de 50 anos, mas aparenta bem menos devido a uma rara doença genética que impediu seu desenvolvimento.

Por esse motivo, muitos inocentes estão indo para a cadeia injustamente. Quem vai para uma balada não consegue distinguir a olho nu se uma garota é de maior ou de menor, ainda por cima porque elas costumam falsificar suas identidades para poder pagar entrada inteira no cinema.

Felizmente a ciência veio salvar os desavisados. Já foram colocados no mercado aparelhos que funcionam à base de carbono-14 e conseguem avaliar com exatidão a idade das moças.

INCESTO

O incesto surgiu na antiga Grécia, quando um tal de Édipo traçou a própria mãe, Jocasta, a coroa mais gostosa do pedaço, e matou o pai. Mas, quando se tocou do que fez, ficou muito complexado, surgindo assim o complexo de édipo. O correspondente feminino é o complexo de Elektra, a assassina que matou o próprio pai, Frank Miller.

VOCÊ SABIA?

AS GÊMEAS LÉSBICAS TARADAS INCESTUOSAS DE VARGINHA

CONQUISTARAM FAMA MUNDIAL QUANDO APARECERAM NUM SITE DE MULÉPELADA, MAS FORAM EXPULSAS DA CIDADE QUANDO A ESPOSA DO PREFEITO DESCOBRIU AS FOTOS NO COMPUTADOR DO FILHO. MAS SÓ ELA NÃO SABIA O QUE AS DUAS APRONTAVAM. ALÉM DE TRANSAREM ENTRE SI E COM METADE DA POPULAÇÃO, AINDA FIZERAM A FESTA COM UNS ALIENÍGENAS QUE VISITARAM A CIDADE EM 1996!

A Igreja condena e a justiça civil proíbe terminantemente o incesto entre pais e filhos e irmãos com irmãs, sendo permitido apenas o casamento entre primos, e mesmo assim só se a prima for muito gostosa. E ainda assim eles correm o risco de os filhos nascerem com rabo de iguana. No interior do Brasil, entretanto, alguns pais se aproveitam das filhas e fica por isso mesmo. Recentemente, o país ficou horrorizado com o caso do lavrador maranhense que vivia maritalmente com a própria filha e as filhas-netas que teve com ela. Ao que parece, nem a filha-bisneta escapou do tarado!

NINO & NENO
(AS MOSCAS DA CABEÇA DO
ATÉ QUE O LIVRO NÃO É TÃO RUIM COMO EU ACHAVA. MESMO ASSIM VOU VER SE CONSIGO TROCAR NA LIVRARIA POR OUTRO MAIS DO MEU AGRADO!
SÓ SE FOR SOBRE O MEU CADÁVER!

SEXO NA TERCEIRA IDADE

O ser humano tem uma data de validade de no máximo 50 anos. A partir daí (se sobreviver, pois no mundo de hoje qualquer um pode morrer atravessando a rua para ir comer uma simples empada no Bar do Seu Jacó, não só por causa da empada como por alguma bala perdida), o corpo começa a apresentar sinais de desgaste. O resultado é avassalador, principalmente para o homem. Tomamos a liberdade de, excepcionalmente aqui, usar uma tarja de censurado em vez da cenoura para explicar melhor o que acontece. Relações entre homens e mulheres são muito afetadas por esse fenômeno.

Observe a evolução deste casal ao longo de décadas. Repare que por causa da falta de estímulo necessário ele atribuiu a baixa de sua cenoura a um fator hormonal. Mas observe que quando ele trocou sua mulher de 50 por duas de 25 não só a cenoura voltou ao normal como ele parece ter rejuvenescido. Isso significa que a causa da impotência, antes de física, é sobretudo psicológica!

Mas sempre chega um momento em que não há mais jeito e o “velho guerreiro”parte para o seu repouso eterno. Mas o homem sempre usou a criatividade. O principal é não deixar que as mulheres percebam que o parceiro não está mais dando no couro, pois espalharão imediatamente para as amigas e seu filme ficará queimado.

A PRÓTESE CENOURIANA

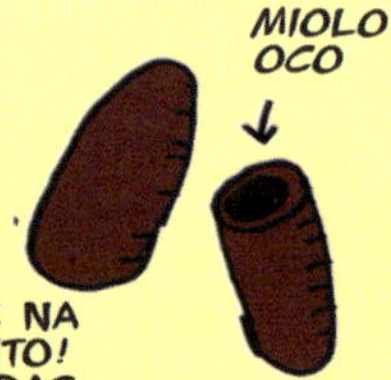

ESTE É PARA QUEM TEM MAIS DINHEIRO PARA INVESTIR. ESTA PRÓTESE PARECE UMA CENOURA NORMAL, MAS É OCA POR DENTRO. SIMPLESMENTE ENCAIXE A PRÓTESE NA SUA CENOURA DE VERDADE E PRONTO! VAI PODER DAR QUANTAS CENOURADAS QUISER SEM TIRAR DE DENTRO!

COMO ENCAIXAR

TÃO FÁCIL COMO ENFIAR O DEDO NUMA TOMADA PARA LEVAR CHOQUE! SIMPLESMENTE ENCAIXE A EXTREMIDADE *A* DE SUA CENOURA COM A EXTREMIDADE *B* DA PRÓTESE!

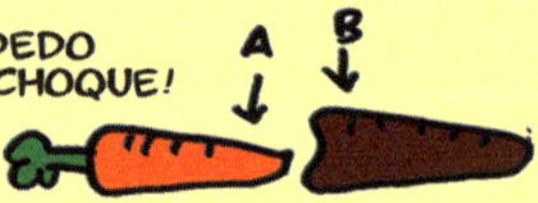

NOTA: ESSA PRÓTESE PODE SER AINDA MAIS ÚTIL PARA GAYS! É SÓ AJUSTÁ-LA EM OUTRO LADO DO CORPO (MAIS DETALHES NO *RELATÓRIO OTA DOS GAYS*, QUE UM DIA SAIRÁ NESTA COLEÇÃO)!

A PRÓTESE CENOURIANA

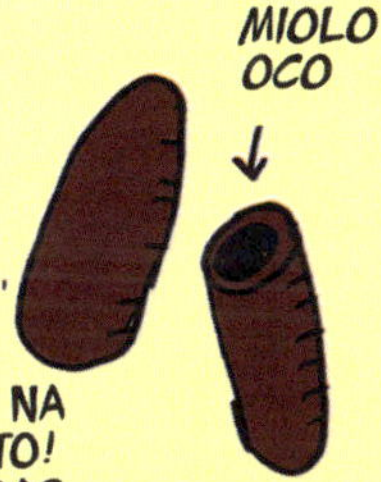

ESTE É PARA QUEM TEM MAIS DINHEIRO PARA INVESTIR. ESTA PRÓTESE PARECE UMA CENOURA NORMAL, MAS É OCA POR DENTRO. SIMPLESMENTE ENCAIXE A PRÓTESE NA SUA CENOURA DE VERDADE E PRONTO! VAI PODER DAR QUANTAS CENOURADAS QUISER SEM TIRAR DE DENTRO!

COMO ENCAIXAR

TÃO FÁCIL COMO ENFIAR O DEDO NUMA TOMADA PARA LEVAR CHOQUE! SIMPLESMENTE ENCAIXE A EXTREMIDADE **A** DE SUA CENOURA COM A EXTREMIDADE **B** DA PRÓTESE!

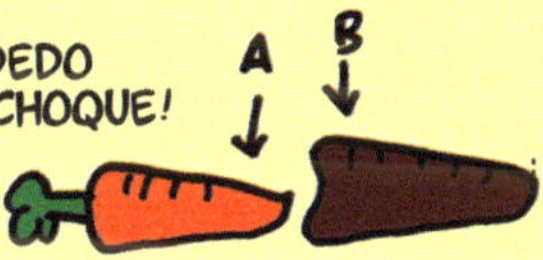

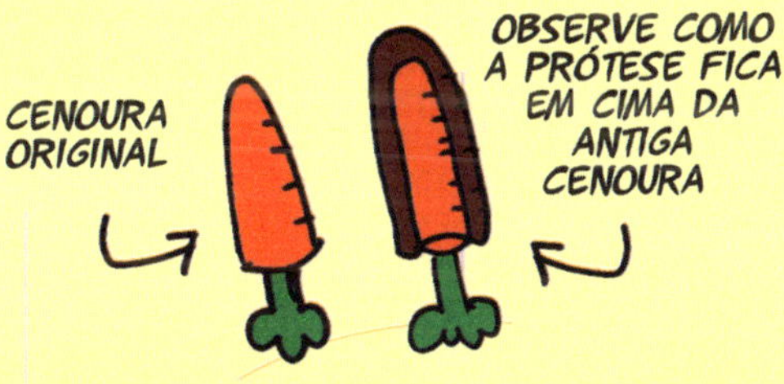

NOTA: ESSA PRÓTESE PODE SER AINDA MAIS ÚTIL PARA GAYS! É SÓ AJUSTÁ-LA EM OUTRO LADO DO CORPO (MAIS DETALHES NO *RELATÓRIO OTA DOS GAYS*, QUE UM DIA SAIRÁ NESTA COLEÇÃO)!

PRÓTESE CENOURIANA CONTROLADA POR GPS

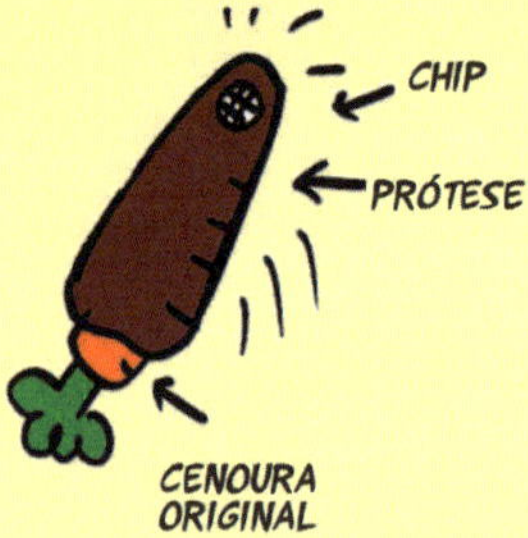

ESTE UPGRADE DA PRÓTESE ANTERIOR FOI PROJETADO ORIGINALMENTE PARA MILIONÁRIOS, MAS COM A POPULARIZAÇÃO DO GPS FICOU ACESSÍVEL ATÉ PARA O PESSOAL DO BOLSA-FAMÍLIA. UM CHIP ACOPLADO À PRÓTESE TRANSMITE AS INFORMA-ÇOES PARA O SATÉLITE.

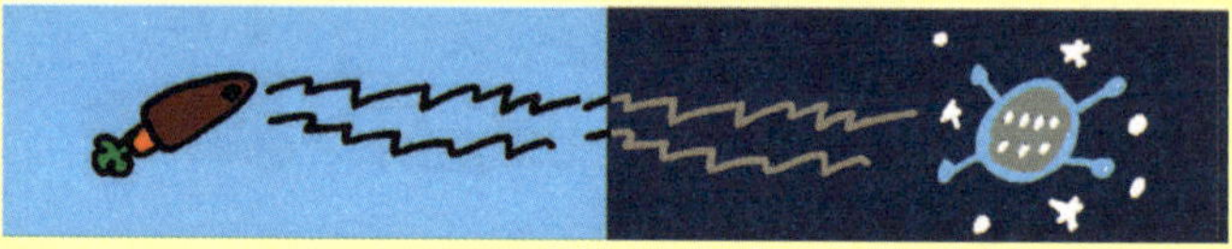

O SATÉLITE FUNCIONA COMO UMA ESPÉCIE DE BÚSSOLA, QUE FAZ SEMPRE A PRÓTESE DA CENOURA APONTAR PARA CIMA, INDEPENDENTE DA POSIÇÃO EM QUE O USUÁRIO ESTEJA. SÓ NÃO É ACONSELHÁVEL PLANTAR BANANEIRA PORQUE SUA PARCEIRA PODERÁ DESCOBRIR O TRUQUE.

Embora todas essas invenções usando tecnologia de ponta estejam sendo adotadas cada vez mais pelos jovens, entre os mais idosos ainda há uma certa resistência a toda essa modernidade. Para eles, o que vale são os métodos antigos. De qualquer forma, o fantasma da impotência virou definitivamente uma coisa do passado e não assusta mais ninguém.

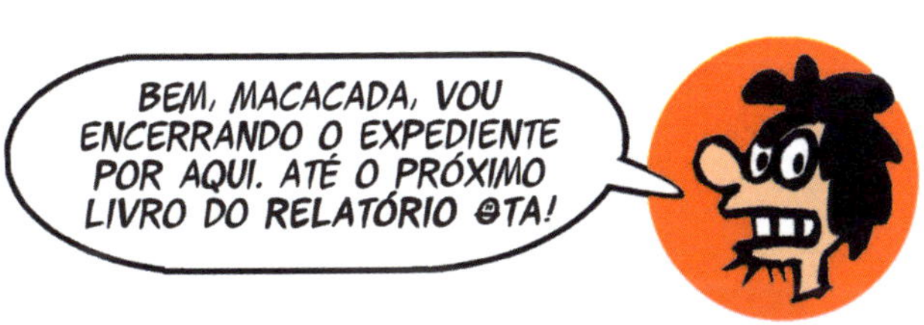

NINO & NENO
(AS MOSCAS DA CABEÇA DO OTA)
POSFÁCIO?! O QUE E ISSO AGORA?
É UM LANCE QUE CONTA UMA ESPÉCIE DO *MAKING-OF* DA COISA! ADORO SABER ESSAS FOFOCAS DOS BASTIDORES!

POSFÁCIO

Sem dúvida, o trabalho que me tornou mais conhecido foi o Relatório Ota. Qualquer adolescente que leu a revista *Mad* entre os anos 1980 e 2000 deve ter visto pelo menos um Relatório, a menos que morasse em outro país ou planeta. Entretanto, o Relatório Ota NÃO começou na *Mad*.

Na primeira série da revista, publicada de 1974 a 1983, eu já estava lá, desde o número 1. Eu era o editor dos quadrinhos da Vecchi, que, além da *Mad*, publicou mais duas ou três dúzias de gibis. Mas poucos desenhos meus saíram nessa fase. A atividade de editor me absorvia muito e pouco tempo ou nada tinha para o meu próprio trabalho. No final de 1981, levei um belo pé na bunda.

A Vecchi ia meio mal das pernas e começou a demitir seus funcionários, e eu fui um deles. Mas o castigo veio a cavalo, pois eles faliram um ano depois. Enquanto isso, eu estava desempregado e tentando me virar como podia. Não havia trabalho de editor sobrando, e após bater em algumas portas e ouvir uma série de nãos, percebi que a única saída era... voltar à velha prancheta de desenho.

Comecei a produzir cartuns como um louco e tentar enfiá-los nas brechas disponíveis. Isso incluía revistas de palavras cruzadas e um tanto de outras de todos os gêneros possíveis, entre elas o antigo *Pasquim* (na época editado pelo Jaguar). Como o mercado do

Rio de Janeiro estava esgotado, tentei me virar em São Paulo. Fiquei sabendo que na Editora Três estavam comprando cartuns eróticos para encher as páginas de algumas revistas de mulépelada que publicavam disfarçada como Idéia Editorial. Fui bater à porta dessa redação e fui recebido pelo editor Leonel Prata. Ele disse que tinha me conhecido uns dez anos antes, quando fora com uns amigos malucos dele à minha casa numa festa que eu dei quando meus pais estavam viajando. Eu não me lembrava, mas achei ótimo ser recebido assim de braços abertos.

Durante algum tempo Leonel me entupiu de trabalho. E numa das visitas periódicas que eu fazia à Editora Três, ele me deu a dica de que numa sala ao lado estavam fechando uma edição especial da revista *Careta* e talvez se interessassem em comprar alguma coisa minha. Fui lá falar com o editor.

Careta era uma tradicional revista de humor do início do século XX, que no início dos anos 1980 tinha sido ressuscitada pela Editora Três, sob o comando do lendário Tarso de Castro e com a direção de arte de Fortuna. Não cheguei a colaborar nessa fase, que inclusive durou pouco. Mas o título pertencia à Editora Três e seu dono, Domingo Alzugaray, resolveu aproveitá-lo para a marca não caducar. De vez em quando lançavam alguma edição extra. Tarso e Fortuna já haviam pulado fora, e essas edições eram fechadas pela equipe interna da Editora Três. Fui bater à porta do editor Múcio Borges da Fonseca, encarregado daquela edição. Ele disse que havia espaço para mim e quando voltei para casa comecei a bolar alguma coisa.

Na época, o grande *best-seller* era um livro chamado *O Relatório Hite*, que era um apanhado de estatísticas a partir de entrevistas com mulheres de todas as idades. Aproveitei a deixa para fazer O Relatório Hota (com H) sobre a "sexualidade brasileira", que foi aceito pelo Múcio e publicado, e resolveu algum problema financeiro da

época, não lembro qual. Pensei que a coisa morreria por aí. Afinal, esse era um trocadilho que só dava para usar uma vez. Dali a algum tempo ninguém se lembraria mais da Shere Hite.

No ano seguinte voltei para a *Mad*. A Vecchi já havia falido e os direitos foram comprados pelo Sérgio Machado, da Record, amigo de longa data. Ele me chamou para tocar a *Mad*. Assim, em julho de 1984 começou uma segunda série. Dessa vez decidi que iria colaborar também como cartunista além de ser o editor. Só que os leitores não gostavam nada do "novo" colaborador Ota. Meu estilo tosco destoava completamente do resto da revista e choveram reclamações. Chegavam dúzias de cartas falando que "o Ota era muito ruim" e pedindo minha demissão. Felizmente não atendi aos pedidos, até porque a renda dessas páginas ajudava a completar meu orçamento.

Mais dois anos se passaram sem muitas novidades, a não ser as costumeiras cartas exigindo a cabeça do Ota. Mas, no início de 1987, houve uma reviravolta que mudou tudo.

Eu estava fechando a edição número 25 e com um baita problema na mão: faltavam a matéria principal e a capa. Não sei se foi nessa época que eu tinha quebrado a mão do Carlos Chagas ou outro motivo. Sim, uma vez eu quebrei a mão do Chagas, mas juro que foi sem querer. Eu havia pegado uma carona com ele e na hora de me despedir fechei a porta do carro por engano na mão dele. Ele ficou com os dedos em frangalhos e sem poder desenhar por algum tempo.

O fato é que faltavam poucos dias

e eu estava com um buraco enorme na revista: faltava não só a capa, como a matéria principal. O pessoal da gráfica tinha me jurado de morte se eu furasse a programação. Era preciso pensar rápido. O único capaz de bolar e desenhar seis páginas tão rápido era eu mesmo. Faltava a capa, problema que resolvi ligando pro Ênio Torrezan.

Ênio hoje é um animador famoso internacionalmente (seu nome consta nos créditos do Bob Esponja), mas na época vivia de ilustrações. Ele sempre quis colaborar com a *Mad* e falei que se ele fosse capaz de produzir uma capa em poucos dias eu tinha uma encomenda. O tema já estava decidido: como drogas era sempre um assunto comercial, resolvi ressuscitar a velha "franquia" do Relatório Ota produzindo o "O Relatório Ota sobre Drogas", agora dispensando o H. Fiz o Relatório em tempo recorde, Ênio entregou a capa dele e o pessoal da gráfica não precisou me matar como prometido. Como diria o finado Barão de Munchausen, "essa foi uma das inúmeras ocasiões em que enfrentei a morte de perto".

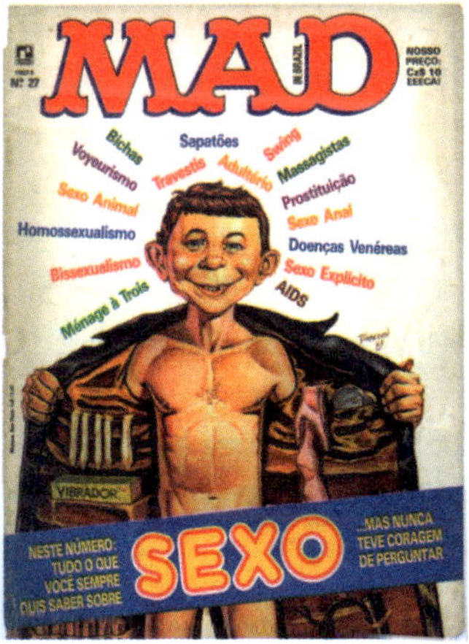

Semanas depois, a surpresa. Aquela edição arrebentou a boca do balão, como se dizia na época. A *Mad* 25 tinha vendido 95% da tiragem, o que correspondia tecnicamente à revista esgotar. Na época, uma edição vendia em média 80% da tiragem. Mais surpreendentemente ainda, começaram a chegar cartas me elogiando. Pedindo "mais Ota na revista".

Estimulado tanto pelo pico de vendas como pela reação popular, decidi repetir a mesma fórmula duas edições depois: a *Mad* 27 saiu, também com capa do Ênio e o "Relatório Ota sobre Sexo" – e esse ainda tinha o descaramento de republicar algumas páginas daquele mesmo Relatório Hota original da *Careta*. Novo estouro de vendas, e a partir daí virou uma seção permanente da revista.

Vieram O Relatório Ota sobre AIDS, energia nuclear e mais uma lista interminável de temas que variavam de acordo como assunto do momento, como seqüestros, ecologia, hiperinflação, super-heróis, mulheres, homens, casamento gay, vampiros, extraterrestres, cornos, clones, impotência, macacos, kryptonita e sei mais o quê. Até Saddam Hussein teve o seu Relatório, na época em que era o homem mais procurado do planeta. Se me perguntarem o número exato de Relatórios que fiz vou ficar devendo a resposta, pois acabei perdendo a conta. Houve trocentos Relatórios na série da Record e nas outras que se seguiram. Foi assim até 2008.

A série da Record foi a mais longa e melhor de todas, indo até meados do ano 2000. Quando não renovaram o contrato, uma editora de pequeno porte, a Mythos, adquiriu os direitos e as coisas nunca mais foram as mesmas. Mesmo assim, continuei fazendo meus Relatórios Ota, e tentei repetir a façanha quando a *Mad* passou para a Panini em 2008. Mas foram tantas as desavenças com

o coeditor que impingiram que acabei perdendo a paciência e mandando eles tomar no cu, rompendo definitivamente com a revista.

Em 2008 mesmo, o Lobo da Barba Negra se aproximou de mim, querendo publicar um livro do Relatório Ota. Ponderei que republicar os Relatórios do jeito que saíram originalmente não iria dar certo. Tinha muita coisa datada e o único jeito seria fazer um remix, englobando os temas e misturando tudo o que saiu antes num liquidificador e criando coisas novas, atuais. Ele achou ótimo, mas precisava de tempo para ajeitar as coisas.

Finalmente, em 2010, o sinal verde: o selo Barbanegra tinha sido incorporado pela Leya e enfim poderíamos fazer tudo do jeito que esperávamos. Comecei a olhar os Relatórios Ota antigos e pensar na reformulação. O resto é História, que está voltando a ser escrita agora.

Os *pockets* do Relatório Ota começam com este sobre sexo, mas isso é só a ponta de um *iceberg*. Virão muitos outros e espero que a coleção dure pelo menos mais um quarto de século, e que os leitores se divirtam tanto como eu me diverti bolando todas essas besteiras.

Ota

Agosto de 2010

FOI AQUI
QUE COMEÇOU A SAGA DO
RELATÓRIO OTA... QUE SE CHAMAVA
RELATÓRIO HOTA COM H! ISSO PORQUE
O TÍTULO ERA UMA PARÓDIA DE UM LIVRO
CHAMADO RELATÓRIO HITE, O MAIOR
BEST-SELLER DA ÉPOCA! NAS PÁGINAS
SEGUINTES, EXATAMENTE COMO SAIU,
RELATÓRIO HOTA SOBRE A
SEXUALIDADE BRASILEIRA
PUBLICADO NA REVISTA CARETA
NO DISTANTE ANO DE
1983!
MUSEU OTA
NÃO ALIMENTE AS BARATAS
Careta
A CRISE!!!
OS ESCÂNDALOS!!!
VOLTA AOS QUARTÉIS...

A moda agora são os relatórios sobre sexualidade. Para não ficar atrás, Careta *encomendou um ao pesquisador mais barato que pôde conseguir e o resultado foi . . .*

O RELATÓRIO HOTA
SOBRE A SEXUALIDADE BRASILEIRA

95% DOS CASAIS COM MAIS DE 50 ANOS PRATICAM SEXO APENAS UMA VEZ POR ANO (E OLHE LÁ!)
VOCÊ NUNCA MAIS OLHOU PARA MIM, AFONSO!
ZZZZ
99% DAS GATAS DO BAIXO LEBLON TRANSAM COM UMA MÉDIA DE 400 CARAS DIFERENTES POR ANO!
QUE BOM QUE VOCÊ TENHA ENCONTRADO O GRANDE AMOR DA SUA VIDA NA FESTA DE ONTEM, GISELE! COMO ELE SE CHAMA?
IH! ESQUECI DE PERGUNTAR!
1,3% DAS PROSTITUTAS NUNCA TIVERAM DOENÇAS VENÉREAS!
TEM CERTEZA QUE NÃO VAI ME PASSAR UMA GONORRÉIA?
ABSOLUTA! ESTOU COMEÇANDO NO RAMO HOJE!
77,8% DOS EXIBICIONISTAS SÃO COMPLETAMENTE INOFENSIVOS!
QUÁ QUÁ QUÁ! SÓ ISSO?

17% DOS PAIS SÃO CONTRA A EDUCAÇÃO SEXUAL NAS ESCOLAS!
EXIJO QUE A SENHORA DISPENSE IMEDIATAMENTE A LAURINHA DE ASSISTIR ESSAS AULAS!
DIRETORA
99,9% DOS HOMENS COM MAIS DE 30 ANOS TIVERAM A SUA INICIAÇÃO SEXUAL NAS REVISTAS DE CARLOS ZÉFIRO!
VOCÊ BEM QUE PODIA AO MENOS UMA VEZ DEIXAR SUAS FIXAÇÕES INFANTIS DE LADO, GERALDO!
43% DOS ALTOS EXECUTIVOS UTILIZAM SUAS MULHERES COMO PAGAMENTO DE NEGOCIATAS!
SE VOCÊ LIBERAR A COMPRA DE 50 TONELADAS DE MINÉRIO, EU TE DEIXO COMER MINHA MULHER!
NADA DISSO! PARA ESSA QUANTIDADE, TEM QUE MANDAR MAIS DUAS AMANTES JUNTO!
74% DOS HOMOSSEXUAIS ENTREVISTADOS ADMITIRAM SUA CONDIÇÃO SEM NENHUM CONSTRANGIMENTO!
EI! VOLTE AQUI! VOCÊ NÃO QUER UMA DEMONSTRAÇÃO?
OTA

54,9% DOS HOMENS CASADOS TRAEM AS ESPOSAS DESCARADAMENTE!
OI, MARLI! ESTÁ É NILDA, A MINHA SECRETÁRIA!
EU JÁ DISSE PARA VOCÊ NÃO TRAZER TRABALHO PARA CASA, HAROLDO!
MODA
37,3% DAS MULHERES CASADAS MANTÊM RELAÇÕES EXTRACONJUGAIS COM OUTRAS MULHERES!
ETELVINA! E COM A MINHA PRÓPRIA IRMÃ!
83% DOS SWINGERS UTILIZAM EXÓTICAS MODALIDADES SEXUAIS!
PÔ, BERNADETE! QUANDO VOCÊ DISSE QUE SERIAM DOIS CASAIS, EU JAMAIS PODERIA IMAGINAR ISSO!
4,3% DOS CASAIS ENTREVISTADOS SE RECUSARAM A RESPONDER AO NOSSO QUESTIONÁRIO!
NÃO AMOLA, CARA! NÃO VÊ QUE ESTAMOS OCUPADOS?
SACO!
ZIEND
OTA 83

NINO & NENO
(AS MOSCAS DA CABEÇA DO OTA)
PÔ! AS LETRAS DESSE CAPÍTULO QUE ACABOU ESTÃO TÃO MIUDINHAS QUE NEM DÁ PRA LER DIREITO!
CLARO, BOBINHO! É FAC-SÍMILE! O OTA FEZ QUESTÃO DE PUBLICAR ESSAS PÁGINAS EXATAMENTE DO JEITO QUE SAÍRAM NA ÉPOCA! (BOM, NA VERDADE ISSO FOI SÓ UMA DESCUILPA DELE PARA NÃO TER QUE DESENHAR PÁGINAS NOVAS!)
ZZ
OTA

...E, FINALMENTE, EXATAMENTE COMO SAIU, O RELATÓRIO OTA SOBRE SEXO PUBLICADO NA MAD NÚMERO 27 EM FEVEREIRO DE 1987 (2A SÉRIE, ED. RECORD). REPAREM QUE NÃO SÓ A REVISTA ERA IMPRESSA EM PAPEL VAGABUNDO, COMO ALGUNS DESENHOS SÃO EXATAMENTE OS MESMOS QUE SAÍRAM NO PRIMEIRÍSSIMO, DA CARETA. NAQUELA ÉPOCA EU JÁ ME AUTOPIRATEAVA!
MUSEU OTA
MAD
SEXO
NÃO ALIMENTE AS BARATAS
ENTRADA PROIBIDA
AFASTE-SE
MAD
DROGAS
OTA

n dos artigos mais polêmicos publicados até hoje no MAD foi "O Relatório a Sobre Drogas", que saiu no MAD 25. Esse deu o que falar. Só que alguns tores reclamaram, já que nem todos gostam de drogas. Por isso, resolve-os escolher um tema mais abrangente para esta edição. Algo que está pre-nte na vida de todos os leitores e de todas as pessoas em geral. Com vocês...

O RELATÓRIO OTA SOBRE SEXO

PARTE 1: AS DIFERENÇAS ENTRE OS SEXOS!

FIG. A - HOMEM

FIG. B - MULHER

APESAR DE EXISTIREM ALGUMAS VARIANTES, O MUNDO ESTÁ DIVIDIDO ENTRE HOMENS (FIG. A) E MULHERES (FIG. B). HÁ UMA DIFERENÇA BÁSICA ENTRE ESSES DOIS SEXOS. OLHANDO PARA AS DUAS FIGURAS, VOCÊ PODE DIZER QUAL É?

RESPOSTA: SE VOCÊ RESPONDEU QUE A MULHER (FIG. B) ESTÁ SEMPRE APRONTANDO ALGUMA CONFUSÃO, ACERTOU! PARABÉNS!

A ESCOLHA DO PARCEIRO!

PARA COMEÇAR A SUA VIDA SEXUAL, VOCÊ VAI PRECISAR DE UM PARCEIRO. ABAIXO DAMOS ALGUMAS OPÇÕES. ASSINALE A RESPOSTA QUE ACHAR CORRETA DEBAIXO DE CADA FIGURA E DEPOIS VIRE A PÁGINA PRA CONFERIR!

RESPOSTA: SE VOCÊ ASSINALOU "CERTO" NA TERCEIRA COLUNA DE CADA GRUPO, PARABÉNS! ESCOLHEU O PARCEIRO ADEQUADO PARA UMA VIDA SEXUAL SADIA. SE ASSINALOU "CERTO" NA QUARTA COLUNA, ESTÁ MAL. COM ESSA ONDA DE AIDS POR AÍ, CORRE O RISCO DE SE CONTAMINAR!

COMO SE PROCESSA O ATO SEXUAL!
AS PRELIMINARES!
SUPONHAMOS QUE VOCÊ JÁ TENHA ESCOLHIDO O(A) SEU(UA) PARCEIRO(A). NÃO PENSE QUE AGORA É SÓ IR MANDANDO BRASA. NADA DISSO! É PRECISO UMA SÉRIE DE PRELIMINARES, A FIM DE EXCITAR DEVIDAMENTE AMBOS OS PARCEIROS E OBTER O MÁXIMO RENDIMENTO DO ATO SEXUAL!
AGORA REBOLA NUMA PERNA SÓ!
SE BOBEAR JÁ SABE, NÉ!
É A ÚLTIMA VEZ QUE CORTO CAMINHO PELO TERRENO BALDIO DE NOITE!
O ATO EM SI!
NÃO HÁ NADA ESPECIAL A DIZER SOBRE O ATO SEXUAL. EM SI. CADA UM TEM A SUA MANEIRA DIFERENTE DE FAZÊ-LO. BASTA USAR A IMAGINAÇÃO!
SLURP!
AAAH!
PÁRA!
AI
CENSURADO!
HMMM
AAAH!
MMM
XUIPT!
O ORGASMO!
NÃO É DIFÍCIL CHEGAR AO ORGASMO, EMBORA ALGUMAS MULHERES DEMOREM UM POUCO ATÉ CONSEGUIR!
VOCÊ NÃO DIZIA QUE EU ERA INCAPAZ DE CHEGAR AO ORGASMO? POIS AGORA JÁ CHEGUEI! ESTE É O RICARDÃO ORGASMO DA SILVA, UM CARA QUE CONHECI ONTEM NO METRÔ!
VIMOS ACIMA O PROCEDIMENTO NORMAL DE UM ATO SEXUAL! ENTRETANTO, NEM SEMPRE AS CONDIÇÕES SÃO PROPÍCIAS PARA UMA BOA PERFORMANCE! NAS PÁGINAS SEGUINTES, MOSTRAREMOS ALGUNS CASOS EM QUE O ATO SEXUAL PODE SER PREJUDICADO POR FATORES EXTERNOS!

COISAS QUE PODEM ATRAPALHAR A VIDA SEXUAL DO CIDADÃO!

ALGUMAS ESTATÍSTICAS!
99,9% DOS HOMENS COM MAIS DE 30 ANOS TIVERAM SUA INICIAÇÃO SEXUAL NAS REVISTAS DE CARLOS ZÉFIRO!
VOCÊ BEM QUE PODIA AO MENOS UMA VEZ DEIXAR SUAS FIXAÇÕES INFANTIS DE LADO, GERALDO!
95% DOS CASAIS COM MAIS DE 50 ANOS PRATICAM SEXO APENAS UMA VEZ POR ANO (E OLHE LÁ!)
VOCÊ NUNCA MAIS OLHOU PARA MIM, AFONSO!
ZZZZ
3% DAS PROSTITUTAS NUNCA TIVERAM DOENÇAS VENÉREAS!
TEM CERTEZA UE NÃO VAI ME PASSAR UMA GONORRÉIA?
ABSOLUTA! ESTOU COMEÇANDO NO RAMO HOJE!
77,8% DOS EXIBICIONISTAS SÃO COMPLETAMENTE INOFENSIVOS!
QUÁ QUÁ QUÁ! SÓ ISSO?

54% DOS HOMENS CASADOS TRAEM AS ESPOSAS ESCANCARADAMENTE!
OI, MARLI! ESTÁ É NILDA, A MINHA SECRETÁRIA!
EU JÁ DISSE PARA VOCÊ NÃO TRAZER TRABALHO PARA CASA HAROLDO!
MODA
43% DOS ALTOS EXECUTIVOS UTILIZAM SUAS MULHERES COM PAGAMENTO DE NEGOCIATAS!
SE VOCÊ LIBERAR A COMPRA DE 50 TONELADAS DE MINÉRIO, EU TE DEIXO COMER MINHA MULHER!
NADA DISSO! PARA ESSA QUANTIDADE, TEM QUE MANDA MAIS DUAS AMANTES JUNTO!
83% DOS SWINGERS UTILIZAM EXÓTICAS MODALIDADES SEXUAIS!
PÔ, BERNADETE! QUANDO VOCÊ DISSE QUE SERIAM DOIS CASAIS, EU JAMAIS PODERIA IMAGINAR ISSO!
4,3% DOS CASAIS ENTREVISTADOS SE RECUSARAM A RESPONDER AO NOSSO QUESTIONÁRIO!
NÃO AMOLA, CARA! NÃO VÊ QUE ESTAMOS OCUPADOS?
SACO!
OTA

EI, TINHA ALGUMAS PIADAS REPETIDAS NESTE ÚLTIMO FAC-SÍMILE! ACHO QUE DÁ PRA PEDIR O DINHEIRO DE VOLTA E AINDA PROCESSAR A EDITORA INVOCANDO O CÓDIGO DO CONSUMIDOR!
DESISTO DE TENTAR BOTAR ALGUM TIPO DE CULTURA NA SUA CABEÇA, NINO!

APROVADO PELO CÓDIGO DO ETA

Este livro foi impresso em agosto de 2010,
capa em papel triplex 250g e miolo em off-set 90g,
na Gráfica Santa Marta, em João Pessoa - PB.
Eles racharam o bico de tanto rir.

www.editorabarbanegra.com.br